Edouard DAVID.

CHÉS LAZARDS

Illustrations   Par   Jules Boquet.

Se vend à la librairie Hecquet
rue Delambre Amiens.

Chés Lazards

Il a été tiré de cet ouvrage 5oo exemplaires sur papier
à la forme et 10 exemplaires sur Japon.

Edouard DAVID.

CHÉS LAZARDS

Illustrations   Par   Jules Boquet-

Se vend à la librairie Hecquet
rue Delambre Amiens.

I

Préface

Bé ! je l' sais bien, qu' taint que l' terre all' s'ro ronne,
Gn'éro toujours des gueux, du pauvré monne ;
Des tas d' pauvraill's qui n'éront rien ni pan,
Et su nou terr', pass'ront, quervant la fan.
L' graine d' minabe all' pousse, hélas ! pus drue
Que ch' gazon vert cintre ch' pavé da l' rue.
Braï donc, poèt', si cho put t' soulager :
Rire et pis brair' cho n'y f'ro rien canger ;
Délameint'-té, charche apitoyer l' Muse,
Taint pis por ti si t' pauv' chervelle a s'use.
Quaind t'écrirois tes vers ed douz' pieds d' long :
Ch'est tout conm' si tu brayois da ch' violon.
Chaque, ichi-bos, tout l' teimps de s'n existeinche,
Doit porter s' croix, sin labeur èn patienche,

Hureux sont cheux que ch' poids n' reind point balourd;
Puch'nt-i's aidier ch'ti dont l' fardieu trop lourd
El foit plonquer, s'affaler sous l' Misère.
Ch'est taint d' bonheur que d' soulager sin frère.
Emeuvez-vous, riches, d'vaint l' poverté,
Por chés minab's ein molet d' carité.

. . . .

Vo donc, poèt', vo toujours et quaind même.
Si rien qu'einn' flepp' ch' soleil i battoit s' flemme
Et s'attardoit à l' moison de ch' lazard;
Si tu peux dir' : j'èn sus keus' por einn' part,
Boinn' Mus' Picarde, éj vux te r'mette à l' fête,
T' foire r'trouver t' gaîté dans t' canchonnette,
T'égaviotter ainsi qu'ein ptchot oisieu.
Pus qu'o z'est d' monne à ché r'fran, pus qu' ch'est bieu.

II

Vieille Histoire

Vieille Histoire [1]

A Monsieur George Tattegrain.

Da l'einne d' chés ru's débistraques,
Keupé's d' mitan par ein couillout,
Où qu' chés moisons s' mil'nt da chés flaques,
Ont l'air mawais d'ètr' coire d'bout
Et qui sann'nt, par chés cataplaches
De ch' paillis qu'o n' foit qu'estropier,
S' guigner, s' broquer, s' foir' mill' grimaches
— Mais qui s'eimbrach'nt-e pa ch' grinier —
Cag's à lapans où qu' chés fernètes
Sont d'pus longteimps vèves d' ridieux
Et ouèche qu' chés papiers d' gazettes
Reimplach'nt quasi tous chés carrieux... ;
Da l'einne d' chés rues où l' marmaille
D'vaint chaqu' port' dépos' sin ptchot mont,
Chés seintinell's qui, de l' pauvraille,

(1) Le dessin ci-contre représente la rue de Ville à Amiens.

N' sairoittent guèr' crainde ch' ranmon...;
Da l' rue, ouèch' qu'èn chaqu' cabernète,
Pèqu'-mèl' sont eintassés chés geins
Conme d's héreings dains einn' mand'lette
— Si coir cho l's abritoit d' chés veints. —
Ein pauv' tchien, d' cheux qui vont pa l' ville
Plucciner chi, lo pis là-bos,
Étoit reintré conme à l' feufile
Da l'espoir d' ratrucher quéque os.
Beud'lé d' ses patt's à s' queu' d'érongne,
Oreill's coities et s's iux cachieux,
Que d' larm's o dû versier l' carongne
Dont l' corps n'étoit pus qu' des cercieux.
Il étoit, ma fiqu' ! si minabe,
Avuc ses poils roid's conm' des dards,
Qu'i povoit croir', conscieinch' du diabe,
Avoir ès plach' chez des lazards.
Èn ell'-mème a s' disoit, pauv' bète,
Mon l' fripouille o z'est bien miux r'chu
Qu' chez des geins qui n' bus'nt-e qu' toilette
Ou bien mette étchu sur étchu:
Pou li rapp'ler qu' ch'est de l' dirie,
Patatrac ! ein keup d' pied quéqu' part,
Ein d' chés keups d' pied qu'à l' Maladrie
Vous y foit'nt m'ner sains pus de r'tard
Y o [1] foit rouler tell' cabriole
Que ch' tchien n' n'étoit tout étombi

(1) Monos.

De n' point même avoir el parole
Por meudir èch' brigaind d' baindit.
Las ! ch'est donc bien vrai qu' su nou terre,
Quaind tout ein chacun d'vroit s'aidier,
Ch' lazard, qui pass' ses jours à braire,
Treuve aussi l' moyen d' lapidier
Quéque eut' lazard coir pus misère,
Quéque eut' coir pus malhéreux qu' li ?
Por ès mettr' su sin tran d' derrière,
Ch' pauv' tchien, pourtaint point tchœurfali,
Vous saquoit des yux si crevailles,
D' chés yux qui n' vous quittent janmois,
Vous tir'nt el tchœur comm' par des t'nailles,
Sé l'voit, tchaisoit pis s' roidissoit.
Mais ch'étoit lo pangne inutile,
Car sitòt qu'i passoit einn' geint,
Chell'-lo comm' preins d' rage imbécile,
D'ein keup vous l' trond'loit si ronn'meint
Qué l' pauvré bèt' tout à bout d' forches
En v'noit r'nacler s'n ànm' su ch' pavé...
Accourant, vìo qu'ein tas d' jonn's porches,
A foire el mau janmois gavé,
Vient danser comme d's acrobates,
Cantant ch' Requiem por morcieu ;
Pis l' l'attrìnant par ses quatr' pattes,
De l' Somme alloit'nt foir' sin tombieu,
Quand tout d'ein keup einn' vieille archelle,
Sans deints, avu s' brongne ein parqu'man,
J'tant des yux d' folle, einn' vrai' sorcielle,
Cope el baind' pou s' frayer ein ch'man,

Arriv' dusqu'à tchien qu'all' caresse,
Déful' sin dodo pou l' mucher,
Pis, à cheux qui l' trait'nt d'ivrongnesse,
Gueul' : « Baindits ! v'nez coire el toucher.

Car si, souveint da ch' monn' misère,
O reincontre el tchœurfalité,
Ch'est coir lo qu'i feut aller tcherre
L' pus bell' vertù d' tout' : l' Carité.

Ch' Pipeu

A Monsieur Gédéon Baril.

O l' connaissez, bien certainn'meint,
Ch' pauvré viux, à l' carcass' qui craque,
Tout marchaint, quoiqu' bien duchett'meint,
Mal agoré sous s' longu' casaque
Qu'a li tchait tout d'qu'à ses talons,
— Déméture eincoir bien proprette, —
Et dont chés pans fleppés, berlons,
Flott'nt à ch' veint conm' drapieux à l' fète.
L'àg', — ch'est-i point d' tertous èch' lot ? —
I o [1] preins ses forch's, nan sin courage,
Et d' li foit ein brav' Sant-Charlot
Qui ne r'cul' janmois d'vaint ch' l'ouvrage,
Et treuve qu' chés meilleur's doucheurs,
Qu' tout boin viux da sin tchœur aspire,
Ch'est coir chell's qu'i poye ed ses sueurs.

---

(1) Monos.

Aussi, savaint conme o l' l'admire,
Qu'il est fiérot, t'naint sin papier
D'einn' man, d' l'eutr' s' sonnett' qu'il agite,
D'aller pa chaqu' ru', chaqu' quartier,
Débiter s'n aintienn' cheint fois d' suite.

De l' sonnette, à chés preinmiers keups,
Laissiant da l' moison tout ein vrague :
L' vianne à l' porté de ch' col joyeux
Ou bien l' popott' bouillir à dague;
Suaint, soufflaint, l'hât' d'accourir,
El maigriote, el gross' matronne,
L'eutr' qu'a n'o point l' teimps de s' couvrir,
Et foit vir ch' qué sin fiu bib'ronne;
Ch' chav'tier qui travaille à s' moison ;
Ch' l'épicier pis ch' l'apothicaire,
Ch' l'erveindeu d' légueinmes d' saison;
Ch' boulainguier pis ch' propiétaire,
Tertous viench'nt à ch' rasseimblémeint.
Ch'est ein vrai tralala du diabe
Qu'i foit crainne qu' de ch' bonnimeint
O n' sé souvaro d'einn' syllabe.
Mais drès que ch' pipeu dit chés mots :
« Il o 'té perdu ! » qué sileinche!
Chés galorieux mousus d' marmots
Arrèt'nt tous ed braire ein cadeinche ;
Dusqu'à ch' tchien, à terr' réteindu,
Plein d' respect, qu'acoute ch' l'épite
De ch' boin viux : « Il o 'té perdu
« Einn' jonn' vieu qu'avoit preins einn' cuite.

« Si l'ein d' vous eutes l' l'o treuvé,
« Pou n' point laissier s' mérette ein pangne,
« I s'ro par vous tous approuvé
« S'i vo l' l'erporter da l' l'esmangne.
« D' pus il éro, pou s' boinne action,
« Einn' récompeins' belle et honnête
« Et porro, pa l' mème occasion,
« S' poyer rude et fanmeus' torchette. »

Et ch' boin viux, aux meimbr's tout trannants,
Vo pus loin réc'meincher s'n invite,
Suivi d' chés einfants bien teinnants
Qui veult'nt li foire ein pos d' conduite.

IV

A ch' tribunal à tchiens

A ch' tribunal à tchiens

A Monsieur Léon DEVAUCHELLE, juge de paix.

« Condamnez-m' mé donc, monsieu ch' juge
      Pis qu' ch'est la loi ;
Si la Justic' toujours all' gruge
      Ch' lazard, ma foi
Taint pis. O n'y povez rien foire
      Por èm' blantchir.
Laissez-m' mé vous conter m'n histoire
      Et vous flétchir :
D'abord, ch'est v'nu, min Diu sait conme,
      Sains y peinser ;
J' n'avois point yeu, su m' conscieinch' d'honme,
      L'idé' d' ronsser
M' fanme qu' j'ainm'. Mais j' voulois-t-ètr' moîte
      Da nou catieu :
I n'èn falloit point pus por mette
      El fu da l'ieu.
Feut si peu d' cos', sur èm' parole,
      O d'vez l' savoir,
Vu qu' ch'est tout partout l' mèm' bricole,
      El mèm' jouquoir.

Ein nunu dé rien, ein plet d' paille,
    Sains vous blesser,
Amangne l' dispute, l' bataille
    A tout casser.
Conm' tchien et minette ein furie
    Qui s' sont nifflés,
Feut qu' l'ein ou l'eut' sort' de l' batt'rie
    Meimbr's éraflés.
O s' tape, o s' ratape, o s' randonne,
    Ch' manche à ranmon
Sanne, à l' mannière' dont i fonctionne,
    Èn mans d' démon.
Ch's assiett's, chés gatt's, tout cho virole
    Avuc chés plots.
Ch'est fini. Vite o s' ranmidole
    Einter chés drops.
Si bel et si bien qu'il arrive,
    Foi d'ein tètu,
Qu'o n' sait point porquoi qu'o s'avive,
    Qu'o s'est battu.
Aussi, j' vous èn prie, èn écange
    D' boins seintimeints,
N' m'einvoyez point couquer à ch' l'ange [1]
    Ein liu d' tormeints.
M' Sandrine èn d'vinroit conm' trois sottes
    M' savaint blouqué ;
Pis, j' porrois foir' pusieurs ribottes
    Sitòt d'jouqué.

(1) Le Beffroi.

V

La Réderie

La Réderie

———

A Le Cholleux.

« Acoutez, m's angneux, mes poulets,
« Ch'est por vous qu' j'ai foit chés couplets :

    « D' Sant-Meurice à l' Voirie
    « D' Beuvais dusqu'à Sant-Leu,
« Tout chacun connoît La Réd'rie,
« S' bouque d' travers, s'n œil, sin baindieu.
      « Et s'n humeur qu'i carrie,
      « Ainchi qué s' vieill' guitarde,
      « Vous met, riche ou lazarde,
      « Du soleil plein vou tchœur.
« Pou qué ch' pan li tchaiche à l' gronnée,
« I cante, i rit, i brait, malheur !.....
« Et ch'est conm' cho tout l' long ch' l'ainnée.

      « Tertous, foit's sileinche ;
      « Atteintion..., jé c'meinche...

(Criant) Pou ch's einfants :

« Si qu'o voulez des juets, d's images,
« Einfants, fuchez trainquill's et sages ;
« Vous éveillant, disez, l' matan,
« Qu' Diu reinche héreux papa, manman
« Et qu'il éloingn' d'eux tout chagran !

(Sur sa guitare) Ran ! Ran ! Ran ! Ran ! Ran ! Ran !...

(Criant) Por chés filles :

« Tin nez pointu,
« M'o dit, l' sais-tu,
« Belle et jonn' fille,
« Qu' pou ch' bieu Canmille
« Tin tchœur couville.

(S'accompagnant sur sa guitare) ville ! ville ! ville ! ville !...

(Criant) Por chés garchons :

« Vous qui grillez d'einvie,
« D' courir et de m'ner l' vie
« D' foir' vou hiver edvaint ch' printeimps,
« Savez qu' tchott's pluies abatt'nt grands veints
« Et qu' l'anmour ch'est ch' Diu d' chés tourmeints.

(S'accompagnant sur sa guitare) meints ! meints ! meints !...

(Criant) POR CHÉS FANMES :

« Fanm' par ché ch'man :
« Ch'est pet d' lapan.
« Fanme a s' castrolle
« Ch'est boinn' marolle ;
« O z'ein rafole !...

(S'accompagnant sur sa guitare) fole ! fole ! fole ! fole !...

(Criant) POU CH'S HONMES :

« Quaind l' mariag' vous tient da sin lache,
« O foit méchaint ju quaind o s' fache ;
« Allons ! dans' papa Nicolos !
« Pus longues qu' des oreilles d' cots
« Tu n' n'os voulu, tu n'ein port'ros.

(S'accompagnant sur sa guitare) ros ! ros ! ros ! ros ! ros !...

« Vlo mes angneux, mes ptchots poulets,
« D'aujord'hui mes nouvieux couplets.

 « D' Sant-Meurice à l' Voirie,
 « D' Beuvais dusqu'à Sant-Leu,
« Tout chacun connoît La Réd'rie,
« S' bouque d' travers, s'n œil, sin baindieu.

« Et s'n humeur qu'i carrie,
« Ainchi que s' vieill' guitarde,
« Vous met, riche. ou lazarde,
« Du soleil plein vou tchœur.
« Pou que ch' pan li tchaiche à l' gronnée,
« I cante, i rit, i brait, malheur !.....
« Et ch'est conm' cho tout l' long ch' l'ainnée. »

VI

Einne part à ch' cot

Einne part à ch' cot

A Claudius SERRASSAINT.

Dis donc, d'où qu' tu vos Mélannie,
Conm' cho carquée à plonquer d'sus ?
Ch' qu'i t'arriv' coir quéque avannie ?
Chés ch'vaux sont pus souveint ressus
Qu' chés geins...

       — Que l' diab' tourne à ses broches
Cheux qu'à leus fanm's foittent d's einfants...
N'èn pass'-t-on du teimps pou chés miochès
Qui sont si R'becca, si teinnants...
A tchot Louis j' défeinds d' mier des pronnes ;
I n'ein preind tell' panchi', ch' fouilloux,
Qu' tout passe au travers d' ses maronnes
Et m' forche à courir à ch' couillout
Pou rébreuer...

       — Diu ! quelle affoire !...
Mais preins donc ein molé de r'pos ?...
— Je n' pux point, mes soup's n'ont point coire
Boulli's...

       — Mais si...

         — Mais nan...

           — Su ch' pos
D' nou port' ; feut qu' tu saves l' nouvelle...

— Bah ! quoi qu' ch'est qu'i gno d'arrivé ?...
— Tu l' sais bien..., l' mestionnoir' d'Adèle...
Ch' n'est point d'hier qu'all' l'o couvé...
— Mais tu m'amangnes ch' jus à m' bouque ;
Dis-l' lé tout d' suit' : ch'est cho pis vlo,
Putôt qu' vous piquer conme einn' mouque...
Pa'l' donc, ch' qu'a n'èn s'roit coir de d'lo ?
— Nan.
     — S'n homme o coir maqué sé s'mangne ?
Cho buvroit l' Sonme ein tenturier !
— Ti n'y es [1] point.
        — Ou qu' lassé' de l' pangne
A s' s'roit mis l' co da ch' l'étrier ?...
— Ah ouète ! s' peindr' !...
         — Quoi ? qu'alle est morte ?...
— Nan.
       — Zut ! éj donne m' part à ch' cot...
— Ch' qu'alle o janmois busié de l' sorte.
Pis ch' qu'i rigol'roit sin coco.
Acoute : all' disvorch' de l' tenture...
— Bah !
       — Cho n'o guèr' d'anmour, l'hiver.
— Et pis ?
       — R'cranne d' songner d' l'eing'lure
Bé ! all' vo avuc ein ch'man d' fer ! ! !

----

[1] Y es, monos.

VII

Ch's Herbillonnes

Ch's Herbillonnes [1]

A Monsieur Jules BOQUET.

I

Déjo ch's aoûteux sont partis.
Su chés camps dorés, presque azis,
Chés boins ptchots veints souffl'nt décrudis,
L' terre ein r'pos sanne ein paradis.

Ch' soleil i reind tout gann's chés moyes,
De l' fraictèm' du matan ressuées ;
Ch's alouett's s'èn vienn'nt par tralées,
J'tant da l'air leus canchons, leus joies.

Chés feinmelles n' peut'nt pus rét'nir
Leus jonn's qu'à ch' nid n' veult'nt racornir,
Ainmant bien miux s' foire agonnir
Ed pitch ! pitch ! à n'èn pus finir.

---

(1) La gravure ci-contre est une reproduction photographique
du tableau de M. Jules Boquet, exposé dans l'une des salles du
Musée d'Amiens.

Chés ab's ont dépouillé l' parure
D' fruits piqués da leu n'affulure.
Einter chés éteules l' verdure
All' pouss', — raprès-cœup de l' Nature.

Queu's d' leup, aguillett's et mahons,
Bleuets, litrell's, maguets, cardons,
Tét'lott's, lis'rons, brunnett's, lanch'rons
A chés anmoureux teind'nt leus grons.

II

Par ein jour que j' reuvois da l' plangne,
Em'n esprit ein tran d' voyager,
Tranquille assis d'sous ein gueudger,
Obliant tout : Misère et Pangne.

A l' natur' donnaint m'n ânme eintière,
De ch' pus loin guignaint ch' bieu décor :
Ch' soleil, conme cinn' tourtière en or
Là-heut accrochée à l' potière.

J' ravis', décatournaint l' piécheinte,
F'saint grigner ch's éteul's sous leus pos,
Deux geins, leus brongn's da leus dodos,
D' peur èqu' l'air ed trop ne l's éveinte.

Je r'connus vit' deux herbillonnes
Qui v'noitt'nt d'arracher da chés camps
D' quoi norrir chés glangn's, chés lapans,
Afan d' conteinter tous leus jonnes :

L'einn' déouangné', ridé', grand'mère,
Ratrinaint l' carque d'sus ses rens,
Marchoit si lass' qu'o z'éroit crant
A chaqu' pos l' vir plonquer su l' terre.

L'eute, au contraire, alert', tillache,
Alloit crànn'meint da chés labours,
Pus droite qu' su l' rout' des anmours,
Portaint s' mand' d'herbe avuc bien d' gràche,

Bouquet d' verdur' ranm'né su s' tète,
Conm' pou s' garaintir de ch' soleil,
Et mant'nu d' ses bros frais conm' miel
Qui passoient d' ses manch's de ch'misette.

Alle étoit, ma fiqu' ! si rétuse,
Nippé' d' sin bieu ptchot accourcheu,
Rédé d'un morcieu de ch' ciel bleu,
Qu' j'el l'erluquois miux qu'einn' Vénuse.

L' tchœur éclié conme einn' tinette,
J' busois, rav'luquois tout conm' cho :
« Ah ! si grand'mèr' n'étoit point lo,
« J'irois t'el l'offrir, bell' fillette ! »

Ch' l'oisieu ferdonnoit s' ritournelle,
Tout r'mu pis réyu d'vaint ch' l'einfant.
Ch' qui m' reindoit jaloux, mèm' méchant,
Quaind j'einteindis romionner l' vieille :

« Jour de Diu ! allong', Verginie,
« Allonge l' pos, ch' travail atteind,
« L' vaqu' n'est point trait', ch' beudet s' réteind,
« Ch' toir est monneux quand t'es partie ! »

Et, teindant sin garret, l' fillette
Avanchoit, nan point sains peinsier
Qu'à l' veill', Tchot Mond, pou l'eimbracher,
Li avoit chiffonné s' bavrette.

VIII

Ch' Beudet

Jules Breton

Ch' Beudet

A Monsieur Lefebvre.

Cré beudet, beudet conm' tin père
Qui n' povoit foir' d'eutr' qu'ein beudet.
Dépêch'-t', hé ! beudet, sous t' misère
T'es lo qu' tu t' carr's conme ein cadet.
Ch'est point l' moumeint, beudet d' bourrique,
D' foire einteindr' tes ptchots airs rétus.
N' crois point qu' tous chés geins mal foutus
Vont v'nir por acouter t' musique.

Porquoi de ch' monne es-tu l' risée,
Beudet d' misèr', beudet d' malheur ?
Os-tu t' chervell' taint épuisée
Qu' tu n' seinch's pus chés batt'meints d' tin tchœur ?
Quaind tu jett's chés soupirs de t'n ânme
Èn longs hi-han, longs conme l' nuit,
Loin d'ète ermus, d'einteinde ch' bruit,
Jonn's, fillett's, viux, d' rir' chacun s' pànme.

4

Hi-han !... hi-han !... brais-tu t' misère ?
Hi-han !... caint's-tu tin contcint'meint ?
A tin s'cours appell's-tu t' pauv' mère,
Ainchi que ch' lazard da l' tormeint ?
Qui put dir' ch' qui pass' pa t' chervelle ?
Pétète es-tu preins pa l' pitié
A l' vu' d' quéqu' martyr estropié
Qui, conm' ti, sous ch' fardieu, cainchelle.

Ch'est bon..., finit's chés capernotes.
Busier ch' n'est l'affoir' d'ein beudet.
T' feut-i de l' cachoir' pou qu' tu trottes
Qu'à tin gaviot t' vieinche ein hoquet.
A chés lazards qui peup'nt èch' monne,
Si qu'o leu donnoit ch' droit d' gémir,
D' leus gueul's o les verroit d'vomir
El malédiction chaque s'gonne. [1]

Vo... ch' moite est dur, ch'est qu' durte est l' vie.
Por li, combien d' soucis, d' labeurs,
Quaind pourtaint ch' pus clair de s'n einvie,
Ch'est d' gangner sin pan par ses sueurs.
Vo toujours,... vo..., trine t' carriole... ;
Vois, sitôt qu'il o bien veindu,
Tin moit' t'afflatte où qu' ch'est dodu,
Vou tchœurs s' compreind'nt et cho t' console.

(1) Chaque seconde.

Oui, cho t' console. Aussi, boinn' bète,
Sains pus scintir èch' l'ardillon,
Tu cours, tu vol's, hochinaint t' tète,
Adon, gayi pa ch' carillon
D' chés guerlots qui t' mett'nt à l' ducasse,
Qu'o croiroit quasi qu' ch'est l'anmour
Qui t' foit d'valer rue et carr'four,
Conteint qu'à ch' veint flotte t' tignasse.

« Trott', beudet, sous t' pieu rèque et grise,
« Ch' tic-tac i bot, pus vit', pus fort... :
« Trotte afan d' montrer leu bètise
« A cheux qui t'ahèr'nt su tin sort.
« Trott' donc..., dusqu'à t' derrangn' litière
« Tu s'ros ch' mawais d' l'humanité.
« Bast, si qu'a n' n'o b'soin pou s' sainté,
« Trotte, hé, trott'..., trott'..., beudet d' misère ! »

IX

Chés Ranmasseus d' vœrres cassés

Chés Ranmasseus
d' vœrres cassés

A Pierre Dubois.

Avuc leu brongn' tout' machoquée,
Conme cinne écueinmett' plangne d' treus,
Tiraint su l' voiture einraquée,
Qu'i sont tillach's chés ranmasseus,
Cassés, ne r'naclant point d'sus l' carque,
Aussi r'mus qu' des moigneux-chocrets ;
De ch' travail fiers ed porter l' marque,
N'ayaint su l' leuv' ni plant's ni r'grets.

« Nous vlo, ch'est nous, dilin' ! diline !
« Aveindez vou broustill's, chés geins ;
« N'ayez l' peur d'eimplir nou berline,
« Si qu'o savoitt's qu'o sonm's conteints
« Quaind on nous donne assiett's ou gattes,
« Bouteill's, vœrr's cassés, cheint mill' diux.
« Si gn'avoit point taint d' malapattes,
« Quoi qu' ch'est qui foutroit'nt chés pauv's viux ! »

Et l' têt' brainlant' conme l' sonnette,
Qu' cho fuche l' fanme ein accourcheu
Ou bien l' bell' Madanme ein toilette,
Viv'meint i vont li tcherr' sin sieu,
Sains rien d'mainder pou leu visite,
Mêm' prodigu' d'ein bout d' complimeint.
— Las ! feuroit que ch' méd'çan l's imite.
Pou chés lazards, qué soulag'meint.

Boins viux, vous qui n' mainquez point d' ruse
Et plonquez sous l' tribulation
Pou ratrìner da vou cambuse
Einn' lèque d' pan, d' consolation.
Lazards ! vous si taint près de l' veille
Ou que l' Chorch'[1] vo tout lessiver,
Disez ? quoi qu' battell' vou chervelle ?
Qué rapeins'meint vous foit reuver ?

« Vo, busieu, quaind o z'est su ch' clore
« De s'n existeinch', ch' qu'o put peinsier
« Qu' feuro quitter cheux qu'o z'adore,
« Ch's einfants qui vous chuch'nt ed boisier ?
« Ah ! miux feut trinqu'baller s' loquette,
« Lazard, minab', reindu, réduit.
« Ch' monne est laid ; eincoire i n'est qu' d'ête.
« Geint mort èn' veut pus tchien qui vit. »

(1) La Mort.

X

Crapure

Crapure

A Alcius Ledieu.

Sains li d'mainder, — ch'étoit sin dù —
A ch' mioch', s'i voloit v'nir da ch' monne,
Einn' pauv' lazarde all' l'o pondu
Da ch' loco sains fu, ni personne,
Que ch' boin Diu d' bos à ch' mur peindu
Qui n'étoit point èn jour d'équiche.[1]

Conm' s'il éroit 'té d'écalo,
Bien vite all' fut trop ptchotte s' niche.
Chaulé par chi, boulé par lo,
N'ayaint que l' Misèr' por norriche,
— Norriche à bouts bien maigriots
Por ein agglavé d' sin calibe, —
I li falloit l' ru' pis chés riots,
Courir, seutir, flabeuder libe,
S'égaviotter conm' chés pierrots,
Pou ch' monne n' point valoir tripette.

[1] Jour de charité, de largesse.

L'vé d' si boinne heure qu' chés oisieux,
Conme eux n'ayaint guère d' toilette
A foire, ch' pauvré ptchot langreux
Du matan ballade s' loquette
A travers l' vill', du heut ein bos,
Que ch' veint souffe, aussitôt s' tignasse
Trann', frémit conm' chés ab's da ch' bos,
Qu' cho n' n'est ein frichon qui vous passe
Et glach' dusqu'à l' moelle d' vos os.
Fiu d' cannaill's, résidu d' crapures,
Agoré, foutu conm' quatr' sous,
L' pus souveint sains bos ni keuchures,
Ni quéqu'fois mèm' de ch'mise ein d'sous
S' casaque, ch' qu'il ainm' ch'est ch's ordures,
Ch' ruissieu, chés monts à patrouiller.
D'hasard qu'ein bieu monsieu l' l'attrape
Et vuch' l'eimpêcher d' cafouiller,
I répond, car il o de l' jappe
A n'ein r'veinne et sains bafouiller :
« Pis quoi ? ch'est à tout l' monne l' rue;
« Bayez donc s' démianner ch' viux s'ran.
« Pa'lez ch' qu'o z'avez la berlue?
« Cré ratatiné, pass' tin ch'man! »
Pis d' suit' boissiant s' voix malotrue,
D'ein air doux, avuc gravité,
A ch' viux qu'il ahéroit i d'manne
D' quoi por acater ein canté
D' pan, car d'pus l' matan i chicanne
Avu s'n estonmoc eintêté.
Ch'est pou rien qu' collaint s' nase à l' glace

I r'luqu' chés tart's mon ch' pàtissier;
Chell's-lo sann'nt li foire l' grimace.
Qu'i lap' des yux mon ch' l'épicier
Chés confitur's. D'ailleurs el crasse,
Qu'a li tient pus keud qu'ein pal'tot,
Graissaille s' tartine et reind s' lèque
Bien meilleur' qu'à l' moison ch' fricot,
Surtout qu' pou ch' dessert i s' pourlèque
Quaind i foit l' trouvaill' d'ein mégot.

Ah! n' raquillonnez point vou glaire,
Vous, chés hureux, su ch' pauv' lazard.
L' Misère n' s'abruv' point d'ieu claire.
I graindiro ch' l'einfant d'hasard,
S' foutant point mal ed sin calvaire.
Aussi bien, margré tout conseil,
I préfère l' rue à ch' l'asile,
Ch' pan sé, dur, à ch' crouton vermeil :
Si ch'est da ch' ruissieu noir qui s' mile,
Ch'est qu' lo, por li, r'flète ch' soleil.

XI

Papa Yanyanne

Papa Yanyanne

A Monsieur Coache, Député de la Somme.

Margré l' grand' froidur' de l' saison,
Voyez-vous, tout là-bos, ch' viux père
Qui sann' tcheurre après s' pauv' raison
Taint ses yux vous jettent d' leinmière,
Et qui vo, d' moison ein moison,
Ratrucher l' croùt' durt' conme l' pierre :

Ch'est papa Yanyanne, ch' boin viux,
Pauv' lapidié de l' foul' mawaise ;
Souriant quaind mème, ch' nayu,
Sous ses loqu'tions qui flott'nt à l'aise,
Ch'est papa Yanyanne, ein boin viux,
Qui vient crier : « Gno-t-i de l' braise ? »

Porsui par quéqu' tchot galibier
Qui pou l' l'annoncher s'époumonne,
Sitòt qui s'einfiqu' da ch' quartier,
Chaqu' cliquette s' révolutionne
Et su ch' pos chacun vut bayer
Ch' ti que l' bainde d' morvieux canchonne :

« Vlo Papa-la-Braise, ch' viux fou !
« Vlo Papa-la-Brais' qui se d'manne,
« Avuc ès tète d' leup-warou,
« Ratatiné conme einn' lémanne.
« Viv'meint, chés geins, déjouquez-vous,
« R'luquez-l' lé : ch'est papa Yanyanne ! »

Vit' chés galorieux, sains répit,
Cruels, arsouill'nt-e ch' pauvré braque,
Tir'nt sin sacqu'let d' croût's pis s'n habit
Et l' l'einvoitt'nt s'eimberner da l' flaque,
Ouèch' que l' pouss' du pied chaqu' baindit
Conm' si ch'étoit ein bouzo d' vaque.

Pis d' Creuv'-la-Fan l' maltrait'nt chés geins
Sains rapeinsier que l' vie est règue,
Et li jett'nt, tout conme à chés tchiens,
Ein molet moins que rien : einn' lègue,
Ouèch' qui put à pangn' mettr' ses deints
Pis l' foit'nt canter d'vaint qu'i s' perlègue.

Et ch' boin fou qui n' sait s' foir' prier,
Guignant ch' morcieu d' pan qui l' l'appate,
Pou n' point vir chés geins s' contrarier,
Cante, hurle à s'ein décrocher s' rate,
Héreux d'avoir quéqu' cose à mier,
Car i ne d'maind' guèr' qu'o l' l'afflatte.

« Allons, hocleux, ferlapier, fou,
« Grimach' por avoir ein bout d' chuque,
« Vacabond, misèr', mié à pou,

« Ch'est point pou t' bieuté qu'o te r'luque ;
« Tu teinds t' man pou qu'o t' foute ein sou,
« Feut l' gangner ou gar' qu'o t' reimbuque.

« Danse, hé ! saquerdiu d' mal torché,
« Allons, gambillonne et fois l' cranne,
« Si tu crois qu'o t'o raccroché
« Pou t' plaindr' su l' Misèr' qui t'étranne,
« Ma fiqu' ! t'os l'esprit bien bouché.
« Danse, hé ! mais dans' papa Yanyanne ! »

Et quaind quittant ch' minab' loco,
Por ein pus minab' da ch' chim'tière ;
Quaind l' Chorche, ayaint serré ch' lico,
Éro mis einn' fan à t' Misère,
D' cheux-t-lo qui t'ahèr'nt, pauve idiot,
Combien qui marmott'ront l' prière :

« Mort ! papa Yanyanne, ch' boin viux,
« Ch' pauv' lapidié de l' foul' mawaise.
« Mort ! papa Yanyanne, ch' boin viux,
« Sous chés cailleux blancs, dors à l'aise.
« Mort ! papa Yanyanne, ch' boin viux.
« Pauv' papa Yanyann', pus b'soin d' braise. »

XII

Marie-so-Sotte

Marie-so-Sotte

———

A Monsieur Delambre.

Couqué' d'sus ch' cornet d'ein bâtieu
Qui s' balainche à ch' coulaint de l' Sonme,
Auprès d'einn' mand'lette d' navieux,
L' pauv' l'Amainda dort d'ein boin sonme.
Ed quoi qu'all' reuve? ed ses loqu'tions
Qui s'efflepp'nt et pis qu'all' guerlotte?
Nan. Ch'est d' ponmes d' terre et d' poirions.
   Cré Mari'-so-Sotte!

Ein heut, tout autour de ch' cloquer,
Ch' cat-houin s' ballade avu l' cornaille;
Ch' soleil vo t-à-l'heur' s' déjouquer
Et déjo l'Amainda travaille
Marmottaint des cœuplets d' canchons,
Ein jé n' sais quoi d'air qu'all' chifflotte
Por personn' d'eute qu' chés pissons.
   Cré Mari'-so-Sotte!

S' brongne est si noird' qu'ein tchu d' caudron,
Car ch' sav'lon li mainqu' pou qu'a s' lave;
Et quaind all' saqu' ses yux, ch' laidron,
O croit vir ein monstr' dains einn' cave.
Si bien qu' cheux qu' l'hasard foit passer
Su sin ch'man, vit', preins de l' treimblotte,
Pou s'assurer s' mett'nt à crier.
          Cré Mari'-so-Sotte !

Mais ouèch' qu'i feut l' vir, ch'est su l'ieu :
Par chi, par lo, durte à l'ouvrage ;
Triner à l' franchell' chaqu' bàtieu,
Ou s'att'ler conme ein ch'vau d' carriage
A l' voitur' carqué' d' poturons,
Patrouiller da l' flaque et da l' crotte,
Sains crante d' beud'ler ses cotrons.
          Cré Mari'-so-Sotte !

« Huc hé ! saquerdiu d' viux carcan, »
Cri'nt-e ch's hortillons, « hue hé ! roste !
« Feut trimer pou gangner tin pan
« Conm' pou s'n avoingne ch' bidet d' poste. »
Pis vous l' l'assonment d' turos d' choux,
Ed fannes d' poichonnés, d' carotte,
Et ri'nt quaind all' plonqu' su ses g'noux.
          Cré Mari'-so-Sotte !

A forch' d'einteind' tertous chés geins
L' l'abonminer conme einn' chorchelle,

L' chauler, l' tirer da tous les seins,
Cho li o [1] p'tèt' buqué su s' chervelle.
Si qu'o li pa'le ein l' l'afflattant,
Ravisiant l' farche, au loin all' trotte,
Ein ricannant comme ein einfant.
            Cré Mari'-so-Sotte !

[1] Monos.

XIII

Gaspard

Jules Bou...

Gaspard

———

A Charles Lamy.

D' quoi qu'i vit? li-même l' sait-i?
S' moison?... ses geints?... rien ni fanmille.
L' Misèr' l'o tell'meint abruti.
Qu'i n' sait mi' s'il est fiu ou fille.
I souffr', margré tout, ch' froid, el fan ;
— L' tchœur n' bot pus mais l' chair n'est point morte, —
Et jette s' plant' : « Manman ! Manman ! »
Ch'est autaint qu'au loin ch' veint n' n'cimporte.

Da chés moumeints qu' pou s' décrampir
I leuve einfan sin r'gard su ch' monne,
Aussitôt o l' l'einteind gémir,
Ses deints crign'nt pis s' bouque all' manmonne.
Ch'est l' laideur da toute s' bieuté :
S' tignasse à poux, ses yux pleins d' flambes.
Mais tôt r'cran d' vir l'humanité,
S' tète all' tchait roide einter ses gambes.

« Ohé Gaspard ! lourdieu d' mastoc,
« Dis-m' ein molet quoi qu' ch'est qu' tu buses ;
« Feut qu' t'euches l' tchœur si dur qu'ein roc
« Pou n' point t' laissier preinde à chés ruses
« Ed chés fill's qui vieinch'nt t'agacer,
« Lo, su ch' baine, à l' gar, tout chaqu' jour,
« Passer cheint fois pis rapasser.
« Cré Gaspard ! gno donc pus d'anmour !

« Conme ein vieu t'es tout écrampi,
« Ecannill'-té donc, hé ! polaque !
« Allons, t'es point coir rétampi ?
« Qu'o voiche t' brongne, hé ! foutu braque !
« Si tu savois conm' t'es rétus ;
« J' compreinds qu' chés fill's i perdent l' tète
« A te r'luquer, min ptchot Jésus !
« J' t'afllatt' ; dis merci, malhonnête ! »

Estonmaquez-vous d' complimeints ;
Disez li noir ou blanc ou rouge ;
Ou foit's li mille et mill' tormeints :
Ch'est verjus-ver, Gaspard èn' bouge.
Da ch' tréfonds de s'n ânm' ch'est l' chaos ;
Ses yux sont brouillés pou l' leinmière.
Ch' lazard èn' connoît ichi-bos
Qu' sin banc, l' nuit, ch's étoil's et s' misère.

Vo, pauve innocheint, tin malheur
Puch'-t-i s'égrainner l' long de t' route ;

Qu'aussitôt qu' su t'n œil perl'ro l' pleur
O l' foich' sétchir ein t' donnaint t' croûte.
Et ti, foul' bête, abonminabe,
Qui torture à plaisi ch' lazard,
Sach' qu'ein fou ch' vivaint cadabe.
Respect et pitié pou Gaspard!

Errata. — Prière de rétablir ainsi le 5e vers de cette page 85.

Sach' qu'ein fou ch'est ch' vivaint cadabe.

XIV

Noler-Danme-d'-Lourde

Noter-Danme-d'-Lourde

A Albert Roze.

Bayez donc, avu s' palatine,
    Chell'-lo qu'all' trottine
    Pa ch' soleil, pa l' bruine.
R'luquez s' jupe d' pièche d' morcieu
    Qui claque d'sus s' pieu
    Pis sin largu' capieu
Fiqué su s' têt' qu'a n' n'est balourde :
    Ch'est chelle qu' chés geins,
    Doutant d' sin boin seins,
Surlomm'nt-e : Noter-Danme-d'-Lourde.

Du matan, tortignant s'echville,
    All' roule avaint l' ville,
    Duch'meint, fan trainquille,
Sains dire ein mot et sains caquet,
    Sèqu' conm' bourriquet,
    Norri' d' sin cap'let.
Sitôt qu'all' l'aperchoit, l' fanm' grosse,
    D' peur d'avoir ein r'gard,
    Ès sangn', l'air hagard,
Peindant qu'aboi' ch' tchien pis brait ch' gosse.

S' laideur tourne ch' lait d' chés norriches,
    Epaveud' chés g'niches,
    Et r'muant da leus niches,
Chés sants qui l' preinch'nt-e pou ch' démon,
    Crassé, plein d' limon,
    Charch'nt après ch' ranmon.
D'vaint Géliqu', Médor est nigu'douille,
    Ducang' tout monneux,
    Ch' l'Ermit' coléreux
Leuve l' bros pou li fiche s' douille.

Car ch'est taint l'usage d' berd'ler,
    D' piailler, d' criailler,
    Qu' vir einn' geint n' brond'ler,
Pis n' dir' ni bien ni mau d' personne,
    Foit qu'aussitôt ch' monne
    Ès révolutionne.
Bayez-l' lé si ch'est vou santé,
    Riez, foit's grimache,
    L' lazarde a n' s'èn fache.
Alle o ch' meilleur : el liberté.

XV

Ch' cul d' gatte et ch' viux

Ch' cul d' gatte et ch' viux

A mon confrère, Monsieur Robert DE GUYENCOURT.

Rouli-roulaint, à mèm' chés rues,
Au mitan d' chés allées et v'nues,
D' chés voitur's de ptchots boutiquiers,
D' geins à l' press', travailleus, reintiers ;
Au mitan de ch' l'atrinquillage
De l' ville, i gno ein équipage,
Qu'o n' put bayer sains émotion,
Sains épreuvoir graind' scinsation.

Ch' n'est point l'ein d' chés cars à bell's reues
Qu'i's éclabouss'nt des flaqu's, des beues,
Su ch' monn' qui, pou gangner sin pan,
Vo da l' berline d' sant Crépan ;
Ch' n'est point, nan certes, l' rich' voiture
Où qu' chés ch'vaux, tout milants d' dorure,
Cour'nt, vol'nt, foitt'nt su ch' pavé mill' fux :
Ch'est ch' cul d' gatt' poussé pa ch' boin viux.

« Tu n'y vois guèr', mais t'es à patte,
« Mi, j'ai mes yux, mais j' sus cul d' gatte ;
« Deux mitans boinn's val'nt, jour dé Diu !
« Ein tout eintier : nous r'vlo᾿ jonn' fiu. ᾿
« L'ein sains l'eute o sonm's de l' bricolle ;
« Ti conm' beudet, mi da m' carriole,
« Vlo nou équipage au complet,
« D' chés rues o défil'rons ch' cap'let !

Et l's-é v'lo partis avaint l' ville :
Ch' pauv' viux beud'lé pa-d'sus s'n echville,
Ployé, taint l' carriole o d' lourdeur,
— Misèr' qu'a trinqu'balle l' laideur ! —
Ch' peindaint que ch' cul d' gatt', conme l' mouque,
Ardillonne ch' viux, tordaint s' bouque,
Berd'laint, agitaint sin capieu,
Qui sann' vous dir' : « Merci, monsieu ! »

Da l' teimps qu' posés d'vaint einn' graind' porte,
Atteindaint que l' méqueinne apporte
Ch' cantieu qui vo rondir èch' sac,
Vlo qu'ein tchien arriv', patatrac,
Sains pus s' gêner, montre à ch' cul d' gatte
Ès frimouss' sains nez, pis l'vaint s' patte,
S' soulage ein graissiant chés essiux ;
Et, croyaint brair', s'essui' ch' boin viux.

Si l' carriol' déouangnée all' crigne ?
Boin Diu ! ch'est à croir' qu'alle d'vigne

Qu' por attirer l' pitié d' chés geins
Feut s'n aller piaillaint ses tormeints.
Mais da nou ville où qu'o s' quérelle,
Où qu'o s' dispute, où qu'o s' battelle,
S'i gno d's hureux sacqués d'écus,
Chés geins d' tchœur, par grâch', sont coir drus.

Par chi ein cantieu, deux centines ;
Par lo por trois sous d' méchaint's mines,
Quatr' : « Diu vous béniss', cher Monsieu,
« Et qui vous preinch' da sin câtieu ! »
Chonq carités, dix f'seus d' long conte :
Au bout de ch' bout cho foit ein compte,
Et pou des lazards ch'est assez
Car i ne d'maind'nt point d'anmasser.

. . . .

Et vlo c'meint, chaqu' jour, par chés rues,
Au mitan d' chés allées et v'nues,
D' chés voitur's de ptchots boutiquiers,
D' geins à l' press', travailleus, reintiers,
Rouli-roulaint, par grèle ou pleuve,
Ch' l'équipage à tous donne l' preuve
Qu'i feut savoir s'aidier, se r'muer.
Deux loqu's mouillé's peuvtent s' ressuer.

XVI

L' Catt'-Soiris

L' Catt'-Soiris

A Monsieur Émile FAŸ.

D' ses esbrouffes t'naint tout ch' trottoir,
Ses yux qui mil'nt, sin nez qui r'brousse
Conm' si qu'all' flairinoit ein toir,
Papillonnaint, montraint s'n ertrousse,
Foisaint les cheint pos, rév'naint d'sus,
L' catt'-soiris s'èn vo à l' virade ;
— Misère èn anmeur qu'a s' ballade,
— Mad'langn' qui charche après Jésus.

L' nuit, da ses seimblaints d' tralalas,
All' vous o coir l'air ed quéqu' cose,
Avu s'n habillure à flaflas
Garni' d'un coquet rubain rose.
Mais à ch' gaz ès brongn' montr' chés treus,
— Conm' cheux d'einn' passoire à l' chitrouille :
Ch'est ch' vie' qui décatit l' vadrouille
Et li foit porter marqu's et greux.

All' trimoit, da l' teimps, dusqu'au soir,
Ployé', f'saint l' dos rond su s' machine,
Mais, ein jour, preins pa ch' désespoir,
Voyaint qu' ch'est pou rien qu'all' s'échine,
Alle o voulu, conme ch' l'oisieu,
El liberté, d' l'air pis des ailes,
S'écanniller sous d' rich's deintelles,
Sains ravisier qu'alle y juait s' pieu.

Triste métier que ch' ti d' rouler.
Mais, si cho t' plaìt, roule, orgueilleuse,
Quaind t' mèr' n'arrive à s' consoler
Et brait tout ch' qu'all' sait sur ès gueuse.
Vo, ein écang' d'einn' lèque d' pan,
Donne t' bieuté dusqu'à l' brad'rie,
Charche l' gaìté, treuve l' brairie,
Sains espoir d'ein meilleur leindeman.

Ch' leind'man? bé, ch' qu'all' put y peinsier
Quaind su ch' tout d' suit' li mainque s' croùte ;
Quaind all' dainse d'vaint ch' l'étimier.
Cré nom ! ch' leind'man ch'est ein jean-foute.
Qui sait d'où qu'all' trìn'ro ses os,
Vieille d'vaint l'àge, usé' d'vaint l'heure ?
A l'hòpital, s' derrangne d'meure,
S' derrangne étape d'vaint ch' grand r'pos.

Bast ! cho n'est mi' foit por chés tchiens;
D' Caron quaind i's ont passé l' barque,

Lazards, pauvraill's, tout ch' mont d' tchott's geins
Souri'nt, débarrassés de l' carque
De l' vi' d' tribulation, d' raincœur,
Où qu' chacun s' débot pou s' cord'lette
Afan de n' point juer à l' gueul' nette :
Règn' de l' tripaille et mort du tchœur.

Adon, margré tous chés tracas,
Qu'à d'eut's i donn'nt seurmeint les fieuves,
Sains guère t' soucier de ch' trépas,
Mais r'vleuse et ch' souris su tes leuves,
Vo, catt'-soiris, lazard' d'orgueil,
Cours beud'ler tes loqu's da ch' l'ordure,
Dusqu'à c' que l' Chorch', pauv' créature,
T' nipp' d'einn' rob' d'oubli : tin cercueil.

XVII

Carcan

Carcan

———

A Monsieur Florissoone, professeur du Lycée d'Amiens.

Viux débris, carcan, hue hé ! hue !...
Tu t' cadott's tout conme einn' catan
Sitòt qu'o t' fout tin nez da l' rue.
Preinds gard' qu'à foire l' palatan
Min bâton t' serche d' picotan,
Viux débris, carcan, hue hé ! hue !...

Quaind t'étois jonn', tète écav'lée,
Hu' !... tu volois conme ch' mouqu'ron ;
T'étois d' mariage ou d' berdalée, [(1)]
Pis dìnois chez Monsieu ch' baron ;
Janmois tu n' seintois ch' eachuron
Quaind t'étois jonn', tète écav'lée.

(1) Baptême.

O t'app'loit bichette ou cocotte ;
O t' glichoit des mots pleins d' doucheur ;
Hue hé ! hue !... à l' pronm'nade, à l' trotte,
Bien miux habillé qu' tin Sangneur,
Tu claquois l' fer avuc bonheur.
O t'app'loit bichette ou cocotte !

Taindis qu'à ch' t'heur', pauv' vieill' bourrique,
Hue hé !... quaind i t' feuroit du r'pos,
O t' foit carrier ch' tien, à keups d' trique
O t' nourrit, o carèch' tes os
Qu'o porroit compter su tin dos
Bien fachil'meint, pauv' vieill' bourrique !

O s' voit, s' dévoit da l'existeinche ;
L' route all' vo rud'meint d' bisteincoin.
Hue hé !... preinds tin mau èn patieinche,
Ch' l'équarrissag' n'est mi' si loin,
Lo, por ti, finiro ch' tintouin.
O s' voit, s' dévoit da l'existeinche.

Hue hé !... su terr' feut gangner s' vie,
Jonne ou bien viux, geint ou bétail.
Parfois, d' bonheur, einn' peccavie
Eclaire ch' lazard à ch' travail :
Soleil qui luit pa ch' soupirail.
Hue hé !... su terr' feut gangner s' vie.

Carcan démoli, hue hé !... hue !...
Conm' ti ch' carr'tier trim' du matan,
Atteindant s' derrangne éternue,
Diu nous béniche !..., amen..., la fan...,
P'tète aujord'hui..., pétète d'man...
Hue hé !... carcan..., hue hé !... hue !... hue !...

XVIII

Jean Lazard

Jean Lazard

———

A Monsieur Tellier, maire d'Amiens.

« Jean Lazard ch'est mi, Jean Lazard,
« De l' Misère ch' l'einfant bâtard.
« D'pus s' naissainch' dusqu'à l' Maladrie,
« Qui noye s' gaîté da s' brairie.
« Canteux souveint, toujours gueulard.
« Jean Lazard ch'est mi, Jean Lazard !

« Oui, pou ch'mis' j'ai l' crap' su m' pieu sale.
« Bé ! ch' que j' vous d'maind' de m' décraper ?
« Vous, chés lazards de l' Cathédrale,
« Sants de ch' Jug'meint qu'o d'vroit r'nipper,
« D'pus qu'o bayez reintrer ch' l'évèque
« Ein cap' doré' qu' ch'est ein miloir,
« Nus mis da ch' monn', nus o z'èt's coir.
« Bah ! des minab's ch'o l' pieu si rèque.

« Pa'le…, hé !… dis donc grand sant Christophe,
« Décarque ein molet tin marmot;

« Profit' qu'ein rayon d' soleil cauffe,
« Tiens, j'ai quéqu' cos' qui s'ro tin lot :
« Tu vois, ch'est einn' poire d' cauchures,
« Treuvées à ch' mont, gno bien quéqu's treus.
« D'pus ch' teimps qu' tu trin's à pieds dékeus,
« N'ein vlo, régal'-t', hé ! cré roulure !

« Bé ! tu rest's collé comme einn' bouse ;
« Ch' que j' te caus' de l' contrariété ?
« T'os l'air, min prance, d' foire einn' mouse...,
« Por ein minab' t'es dégoûté...
« Vo, vo, j' les plach'rai, min ptchot père :
« Des malhéreux, des va-nu-pieds,
« Des creuv'-la-fan, des estropiés,
« Boin Diu ! cho n'ein r'gorgue d'sus l' terre.

« Car pus rien n' vo por èch' tchot peupe ;
« Conme t' pierre, ch' monne est musi ;
« Ed tout partout ch' commerche i reupe ;
« Ch' progrès r'doube, l' misère aussi.
« Adiu ! vous, chés boins monts, qu'à l' porte
« Etoient el joi' d' chés malhéreux ;
« Chés riches n' n'ont pus d' trop por eux.
« Bé ! chés rich's, que ch' diabe i l's eimporte.

« Pis quaind i l's eimport'roit, da m' poque,
« Cho n' foutroit point deux liards ed pus.
« J' dénagu', ch'est min mau qui m'étoque ;
« Excus', pardon, mes ptchots Jésus.

« Jean Lazard ch'est cin vastépluque.
« Allez, sin tchœur n'est point méchant,
« Pourvu qu'i treuve, ein travaillant,
« Avu s' canchon d' pan einn' tchott' bluque.

« Alors, cho n'est pus Jean Lazard,
« De l' Misère ch' l'einfant bâtard.
« Èch' gai soleil récauffant s' vie,
« Gno rien conme l' pangn' qui s'oublie.
« Canteux, joyeux, héreux, gaillard,
« Jean Lazard n'est pus Jean Lazard !

Table des Matières

Table des Illustrations

4788. — AMIENS, IMP. T. JEUNET.

Librairie Hecquet, rue Delambre, Amiens

Du même Auteur :

Moúmeints perdus d'ein Picard, brochure in-18 jésus, de 64 pages.

L' Bataille ed Querriu, pièche militaire èn deux actes et pis cinne apothéose, à l'usage ed tous chés joucus d' cabotans.

El Muse Picarde, ín-18 jésus de 144 pages, illustré par MM. ROZE, DELAMBRE, BOQUET, J. DE FRANQUEVILLE, DELASSUS et DAVID-RIQUIER.

L' Tripée, brochure in-18 jésus, illustré par M. Jean DE FRANQUEVILLE.

Étude picarde sur Lafleur, brochure in-18 jésus, avec un dessin du Lafleur authentique par M. L. DELAMBRE.

En préparation :

Chés Hortillonnages.

www.ingramcontent.com/pod-product-compliance
Lightning Source LLC
Chambersburg PA
CBHW060811250626
47162CB00005B/1749